평생 간직하고픈 필사 시

평생 간직하고픈 　필사 시

백석　박인환　김영랑　김소월　정지용　한용운　윤동주

북카라반 CARAVAN

차례

백
석

나와 나타샤와 흰 당나귀

가난한 내가
아름다운 나타샤를 사랑해서
오늘밤은 푹푹 눈이 나린다

나타샤를 사랑은 하고
눈은 푹푹 날리고
나는 혼자 쓸쓸히 앉어 소주를 마신다
소주를 마시며 생각한다
나타샤와 나는
눈이 푹푹 쌓이는 밤 흰 당나귀 타고
산골로 가자 출출이 우는 깊은 산골로 가 마가리에 살자

백석

눈은 푹푹 나리고
나는 나타샤를 생각하고
나타샤가 아니올 리 없다
언제 벌써 내 속에 고조곤히 와 이야기한다
산골로 가는 것은 세상한테 지는 것이 아니다
세상 같은 건 더러워 버리는 것이다

눈은 푹푹 나리고
아름다운 나타냐는 나를 사랑하고
어데서 흰 당나귀도 오늘밤이 좋아서 응앙응앙 울을
것이다

백석

청시 青柿

별 많은 밤
하늬바람이 불어서
푸른 감이 떨어진다 개가 짖는다

백석

내가 이렇게 외면하고

　　내가 이렇게 외면하고 거리를 걸어가는 것은 잠풍
날씨가 너무나 좋은 탓이고
　　가난한 동무가 새 구두를 신고 지나간 탓이고 언제
나 꼭같은 넥타이를 매고 고운 사람을 사랑하는 탓이다

　　내가 이렇게 외면하고 거리를 걸어가는 것은 또 내
많지 못한 월급이 얼마나 고마운 탓이고
　　이렇게 젊은 나이로 코밑수염도 길러보는 탓이고 그
리고 어느 가난한 집 부엌으로 달재 생선을 진장에 꼿꼿
이 지진 것은 맛도 있다는 말이 자꼬 들려오는 탓이다

백석

백
화
白
樺

산골집은 대들보도 기둥도 문살도 자작나무다

밤이면 캥캥 여우가 우는 산도 자작나무다

그 맛있는 모밀국수를 삶는 장작도 자작나무다

그리고 감로甘露같이 단샘이 솟는 박우물도 자작나무다

산 너머는 평안도 땅도 뵈인다는 이 산골은 온통 자작나무다

백석

비

아카시아들이 언제 흰 두레방석을 깔었나
어데서 물쿤 개비린내가 온다

백석

국수

눈이 많이 와서
산엣새가 벌로 나려 멕이고
눈구덩이에 토끼가 더러 빠지기도 하면
마을에는 그 무슨 반가운 것이 오는가보다
한가한 애동들은 어둡도록 꿩사냥을 하고
가난한 엄매는 밤중에 김치가재미로 가고
마을을 구수한 즐거움에 싸서 은근하니 홍성홍성 들
뜨게 하며
이것은 오는 것이다
이것은 어늬 양지귀 혹은 능달쪽 외따른 산 넢은댕이
예데가리밭에서
하로밤 뽀오한 흰 김 속에 접시귀 소기름불이 뿌우현
부엌에
산멍에 같은 분틀을 타고 오는 것이다

이것은 아득한 녯날 한가하고 즐겁든 세월로부터

　실 같은 봄비 속을 타는 듯한 녀름볕 속을 지나서 들
쿠레한 구시월 갈바람 속을 지나서

　대대로 나며 죽으며 죽으며 나며 하는 이 마을 사람
들의 으젓한 마음을 지나서 텁텁한 꿈을 지나서

　지붕에 마당에 우물든덩에 함박눈이 푹푹 쌓이는 여
늬 하로밤

　아배 앞에 그 어른 아들 앞에 아배 앞에는 왕사발에
아들 앞에는 새끼 사발에 그득히 사리워 오는 것이다

　이것은 그 곰의 잔등에 업혀서 길여났다는 먼 녯적
큰마니가

　또 그 짚등색이에 서서 자채기를 하면 산 넘엣 마을
까지 들렸다는

　먼 녯적 큰아바지가 오는 것같이 오는 것이다

백석

아, 이 반가운 것은 무엇인가

이 히수무레하고 부드럽고 수수하고 슴슴한 것은 무엇인가

겨울밤 쩡하니 닉은 동티미국을 좋아하고 얼얼한 댕추가루를 좋아하고 싱싱한 산꿩의 고기를 좋아하고

그리고 담배 내음새 탄수 내음새 또 수육을 삶는 육수국 내음새 자욱한 더북한 삿방 쩔쩔 끓는 아르굳을 좋아하는 이것은 무엇인가

이 조용한 마을과 이 마을의 으젓한 사람들과 살틀하니 친한 것은 무엇인가

이 그지없이 고담枯淡하고 소박한 것은 무엇인가

통영統營장 낫대들었다

갓 한 닢 쓰고 건시 한 접 사고 홍공단 단기 한 감 끊
고 술 한 병 받어 들고

화륜선 만져보려 선창 갔다

오다 가수내 들어가는 주막 앞에
문두잉 품바타령 듣다가

열니레 달이 올라서
나룻배 타고 판데목 지나간다 간다

백석

고성가도

—남행시초 3

고성固城장 가는 길
해는 둥둥 높고

개 하나 얼린하지 않는 마을은
해바른 마당귀에 맷방석 하나
빨갛고 노랗고
눈이 시울은 곱기도 한 건반밥
아 진달래 개나리 한창 퓌였구나

가까이 잔치가 있어서
곱디고운 건반밥을 말리우는 마을은
얼마나 즐거운 마을인가

어쩐지 당홍치마 노란저고리 입은 새악시들이
웃고 살 것만 같은 마을이다

백석

멧
새
소
리

처마 끝에 명태를 말린다

명태는 꽁꽁 얼었다

명태는 길다랗고 따리한 물고긴데

꼬리에 길다란 고드름이 달렸다

해는 저물고 날은 다 가고 별은 서러웁게 차갑다

나도 길다랗고 따리한 명태다

문 턱에 꽁꽁 얼어서

가슴에 길다란 고드름이 달렸다

백석

고향

나는 북관에 혼자 앓어 누워서
어늬 아츰 의원을 뵈이었다
의원은 여래如來 같은 상을 하고 관공關公의 수염을 드
리워서
먼 녯적 어늬 나라 신선 같은데
새끼손톱 길게 돋은 손을 내어
묵묵하니 한참 맥을 짚드니
문득 물어 고향이 어데냐 한다
평안도 정주라는 곳이라 한즉
그러면 아무개씨 고향이란다
그러면 아무개씰 아느냐 한즉
의원은 빙긋이 웃음을 띠고
막역지간이라며 수염을 쓴다
나는 아버지로 섬기는 이라 한즉
의원은 또다시 넌지시 웃고
말없이 팔을 잡어 맥을 보는데
손길은 따스하고 부드러워
고향도 아버지도 아버지의 친구도 다 있었다

백석

바
다

바닷가에 왔드니
바다와 같이 당신이 생각만 나는구려
바다와 같이 당신을 사랑하고만 싶구려

구붓하고 모래톱을 오르면
당신이 앞선 것만 같구려
당신이 뒤선 것만 같구려

그리고 지중지중 물가를 거닐면
당신이 이야기를 하는 것만 같구려
당신이 이야기를 끊은 것만 같구려

바닷가는
개지꽃에 개지 아니 나오고
고기비눌에 하이얀 햇볕만 쇠리쇠리하야
어쩐지 쓸쓸만 하구려 섧기만 하구려

백석

박
인
환

목마와 숙녀

한 잔의 술을 마시고
우리는 버지니아 울프의 생애와
목마를 타고 떠난 숙녀의 옷자락을 이야기한다
목마는 주인을 버리고 거저 방울 소리만 울리며
가을 속으로 떠났다 술병에서 별이 떨어진다
상심한 별은 내 가슴에 가벼웁게 부서진다
그러한 잠시 내가 알던 소녀는
정원의 초목 옆에서 자라고
문학이 죽고 인생이 죽고
사랑의 진리마저 애증의 그림자를 버릴 때
목마를 탄 사랑의 사람은 보이지 않는다
세월은 가고 오는 것
한때는 고립을 피하여 시들어가고
이제 우리는 작별하여야 한다
술병이 바람에 쓰러지는 소리를 들으며
늙은 여류작가의 눈을 바라보아야 한다

박인환

……등대에……

불이 보이지 않아도
거저 간직한 페시미즘의 미래를 위하여
우리는 처량한 목마 소리를 기억하여야 한다
모든 것이 떠나든 죽든
거저 가슴에 남은 희미한 의식을 붙잡고
우리는 버지니아 울프의 서러운 이야기를 들어야 한다
두개의 바위 틈을 지나 청춘을 찾은 뱀과 같이
눈을 뜨고 한 잔의 술을 마셔야 한다
인생은 외롭지도 않고
거저 낡은 잡지의 표지처럼 통속하거늘
한탄할 그 무엇이 무서워서 우리는 떠나는 것일까
목마는 하늘에 있고
방울 소리는 귓전에 철렁거리는데
가을 바람소리는
내 쓰러진 술병 속에서 목메어 우는데

박인환

세월이 가면

지금 그 사람 이름은 잊었지만
그 눈동자 입술은
내 가슴에 있어

바람이 불고
비가 올 때도
나는 저 유리창 밖
가로등 그늘의 밤을 잊지 못하지

사랑은 가도
과거는 남는 것
여름날의 호숫가
가을의 공원
그 벤치 위에
나뭇잎은 떨어지고

박인환

나뭇잎은 흙이 되고
나뭇잎에 덮여서
우리들 사랑이 사라진다 해도

지금 그 사람 이름은 잊었지만
그의 눈동자 입술은
내 가슴에 있어
내 서늘한 가슴에 있건만

박인환

나의 생애에 흐르는 시간들

나의 생애에 흐르는 시간들
가느다란 일 년의 안젤루스

어두워지면 길목에서 울었다
사랑하는 사람과

숲속에서 들리는 목소리
그의 얼굴은 죽은 시인이었다

늙은 언덕 밑
피로한 계절과 부서진 악기

모이면 지난날을 이야기한다
누구나 저만이 슬프다고

박인환

가난을 등지고 노래도 잃은
안개 속으로 들어간 사람아

이렇게 밝은 밤이면
빛나는 수목樹木이 그립다

바람이 찾아와 문은 열리고
찬 눈은 가슴에 떨어진다

힘없이 반항하던 나는
겨울이라 떠나지 못하겠다

밤 새우는 가로등
무엇을 기다리나

나도 서 있다
무한한 과실만 먹고

박인환

김
영
랑

돌담에 속삭이는 햇발

돌담에 속삭이는 햇발같이
풀 아래 웃음짓는 샘물같이
내 마음 고요히 고운 봄 길 위에
오늘 하루 하늘을 우러르고 싶다

새악시 볼에 떠 오는 부끄럼같이
시의 가슴 살포시 젖는 물결같이
보드레한 에머랄드 얇게 흐르는
실비단 하늘을 바라보고 싶다

김영랑

빛깔 한히

빛깔 한히
동창에 떠오름을 기둘리신가
아흐레 어린 달이
부름도 없이 홀로 났네

월출동령 月出東嶺
팔도 사람 다 맞이하소
기척 없이 따르는 마음
기대나 홀히 싸안아 주오

김영랑

땅
거
미

가을날 땅거미 어렴풋한 흐름 위를
고요히 실리우다 훤뜻 스러지는 것
잊은 봄 보랏빛의 낡은 내음이요
임의 사라진 천리 밖의 산울림
오랜 세월 시닷긴 으스름한 파스텔

애닯은 듯한
좀 서러운 듯한
오! 모두 다 못 돌아오는
먼— 지난 날의 놓친 마음

김영랑

모란이 피기까지는

모란이 피기까지는
나는 아직 나의 봄을 기다리고 있을 테요
모란이 뚝뚝 떨어져 버린 날
나는 비로소 봄을 여읜 설움에 잠길 테요
5월 어느 날, 그 하루 무덥던 날
떨어져 누운 꽃잎마저 시들어 버리고는
천지에 모란은 자취도 없어지고
뻗쳐오르던 내 보람 서운케 무너졌느니
모란이 지고 말면 그뿐, 내 한 해는 다 가고 말아
삼백예순 날 하냥 섭섭해 우옵내다
모란이 피기까지는
나는 아직 기다리고 있을 테요, 찬란한 슬픔의 봄을

김영랑

5
월

들길은 마을에 들자 붉어지고
마을 골목은 들로 내려서자 푸르러진다
바람은 넘실 천 이랑 만 이랑
이랑 이랑 햇빛이 갈라지고
보리도 허리통이 부끄럽게 드러났다
꾀꼬리는 엽태 혼자 날아볼 줄 모르나니
암컷이라 쫓길 뿐
수놈이라 쫓을 뿐
황금 빛난 길이 어지럴 뿐
얇은 단장 하고 아양 가득 차 있는
산봉우리야 오늘 밤 너 어디로 가버리련?

김영랑

황홀한 달빛

황홀한 달빛
바다는 은銀장
천지는 꿈인 양
이리 고요하다

부르면 내려올 듯
정든 달은
맑고 은은한 노래
울려날 듯

저 은장 위에
떨어진단들
달이야 설마
깨어질라고

김영랑

떨어져 보라
저 달 어서 떨어져라
그 혼란스럼
아름다운 천둥 지둥

호젓한 삼경
산 위에 홀히
꿈꾸는 바다
깨울 수 없다

김영랑

내 마음을 아실 이

내 마음을 아실 이
내 혼자 마음 날같이 아실 이
그래도 어데나 계실 것이면

내 마음에 때때로 어리우는 티끌과
속임 없는 눈물의 간곡한 방울방울
푸른 밤 고이 맺는 이슬 같은 보람을
보밴 듯 감추었다 내어드리지

아! 그립다
내 혼자 마음 날같이 아실 이
꿈에나 아득히 보이는가

향 맑은 옥돌에 불이 달아
사랑은 타기도 하오련만
불빛에 연긴 듯 희미론 마음은
사랑도 모르리 내 혼자 마음은

김영랑

꿈밭에 봄마음

구비진 돌담을 돌아서 돌아서
달이 흐른다 놀이 흐른다
하이얀 그림자
은실을 즈르르 몰아서
꿈밭에 봄마음 가고 가고 또 간다

김영랑

다정히도 불어 오는 바람

다정히도 불어 오는 바람이길래
내 숨결 가볍게 실어 보냈지
하늘갓을 스치고 휘도는 바람
어이면 한숨을 몰아다 주오

김영랑

풀 위에 맺어지는 이슬

풀 위에 맺어지는 이슬을 본다
눈썹에 아롱지는 눈물을 본다
풀 위엔 정기가 꿈같이 오르고
가슴은 간곡히 입을 벌린다

김영랑

숲
향
기
숨
길

숲향기 숨길을 가로막았소
발 끝에 구슬이 깨이어지고
달 따라 들길을 걸어다니다
하룻밤 여름을 세워 버렸소

김영랑

끝없는 강물이 흐르네

내 마음의 어딘 듯 한 편에 끝없는
강물이 흐르네
돋쳐 오르는 아침 날 빛이 빤질한
은결을 도도네
가슴엔 듯 눈엔 듯 또 핏줄엔 듯
마음이 도른도른 숨어 있는 곳
내 마음의 어딘 듯 한 편에 끝없는
강물이 흐르네

김영랑

김
소
월

산
유
화

산에는 꽃 피네
꽃이 피네
갈 봄 여름 없이
꽃이 피네

산에
산에
피는 꽃은
저만치 혼자서 피어 있네

산에서 우는 작은 새여
꽃이 좋아
산에서
사노라네

산에는 꽃 지네
꽃이 지네
갈 봄 여름 없이
꽃이 지네

김소월

개
여
울

당신은 무슨 일로
그리합니까?
홀로이 개여울에 주저앉아서

파릇한 풀포기가
돋아나오고
잔물은 봄바람에 헤적일 때에

가도 아주 가지는
않노라시던
그러한 약속이 있었겠지요

날마다 개여울에
나와 앉아서
하염없이 무엇을 생각합니다

가도 아주 가지는
않노라심은
굳이 잊지 말라는 부탁인지요

김소월

못
잊
어

못 잊어 생각이 나겠지요,
그런대로 한세상 지내시구려,
사노라면 잊힐 날 있으리다.

못 잊어 생각이 나겠지요,
그런대로 세월만 가라시구려,
못 잊어도 더러는 잊히오리다.

그러나 또 한긋 이렇지요,
"그리워 살뜰히 못 잊는데
어쩌면 생각이 떠나지나요?"

김소월

엄마야 누나야

엄마야 누나야 강변 살자,
뜰에는 반짝이는 금모래빛,
뒷문 밖에는 갈잎의 노래,
엄마야 누나야 강변 살자.

김소월

예전엔 미처 몰랐어요

봄 가을 없이 밤마다 돋는 달도
예전엔 미처 몰랐어요.

이렇게 사무치게 그리울 줄도
예전엔 미처 몰랐어요.

달이 암만 밝아도 쳐다볼 줄을
예전엔 미처 몰랐어요.

이제금 저 달이 설움인 줄은
예전엔 미처 몰랐어요.

김소월

진달래꽃

나 보기가 역겨워
가실 때에는
말없이 고이 보내 드리오리다

영변寧邊에 약산
진달래꽃
아름 따라 가실 길에 뿌리오리다

가시는 걸음 걸음
놓인 그 꽃을
사뿐히 즈려 밟고 가시옵소서

나 보기가 역겨워
가실 때에는
죽어도 아니 눈물 흘리오리다

김소월

부
모

낙엽이 우수수 떨어질 때,
겨울의 기나긴 밤,
어머님하고 둘이 앉아
옛이야기 들어라.

나는 어쩌면 생겨 나와
이 이야기 듣는가?
묻지도 말아라, 내일 날에
내가 부모 되어서 알아보랴?

김소월

님의 노래

그리운 우리 님의 맑은 노래는
언제나 제 가슴에 젖어 있어요

긴 날을 문 밖에서 서서 들어도
그리운 우리 님의 고운 노래는
해지고 저물도록 귀에 들려요
밤들고 잠들도록 귀에 들려요

고이도 흔들리는 노랫가락에
내 잠은 그만이나 깊이 들어요
고적한 잠자리에 홀로 누워도
내 잠은 포스근히 깊이 들어요

그러나 자다 깨면 님의 노래는
하나도 남김없이 잃어버려요
들으면 듣는 대로 님의 노래는
하나도 남김없이 잊고 말아요

김소월

나는 세상 모르고 살았노라

'가고 오지 못한다'는 말을
철없던 내 귀로 들었노라,
만수산萬壽山을 올라서서
옛날에 갈라선 그 내 님도
오늘날 뵈올 수 있었으면.

나는 세상 모르고 살았노라,
고락苦樂에 겨운 입술로는
같은 말도 조금 더 영리하게
말하게도 지금은 되었건만,
오히려 세상 모르고 살았으면!

'돌아서면 무심타'는 말이
그 무슨 뜻인 줄을 알았으랴,
제석산啼昔山 붙는 불은 옛날에 갈라선 그내 님의
무덤엣풀이라도 태웠으면!

98   김소월

가는 길

그립다
말을 할까
하니 그리워

그냥 갈까
그래도
다시 더 한 번…

저 산에도 까마귀, 들에 까마귀,
서산에는 해진다고
지저귑니다.

앞 강물, 뒷 강물,
흐르는 물은
어서 따라오라고 따라가자고
흘러도 연달아 흐릅디다려.

김소월

옛이야기

고요하고 어두운 밤이 오면은
어스레한 등불에 밤이 오면은
외로움에 아픔에 다만 혼자서
하염없는 눈물에 저는 웁니다

제 한몸도 예전엔 눈물 모르고
조그마한 세상을 보냈습니다
그때는 지난날의 옛이야기도
아무 설움 모르고 외웠습니다

그런데 우리 님이 가신 뒤에는
아주 저를 버리고 가신 뒤에는
전날에 제게 있던 모든 것들이
가지가지 없어지고 말았습니다

그러나 그 한때에 외워두었던
옛이야기뿐만은 남았습니다
나날이 짙어가는 옛이야기는
부질없이 제 몸을 울려줍니다

김소월

님에게

한때는 많은 날을 당신 생각에
밤까지 새운 일도 없지 않지만
아직도 때마다는 당신 생각에
축업은 베갯가의 꿈은 있지만

낯모를 딴 세상의 네 길거리에
애달피 날 저무는 갓 스물이요
캄캄한 어두운 밤 들에 헤매도
당신은 잊어버린 설움이외다

당신을 생각하면 지금이라도
비오는 모래밭에 오는 눈물의
축업은 베갯가의 꿈은 있지만
당신은 잊어버린 설움이외다

김소월

구름

저기 저 구름을 잡아 타면
붉게도 띠로 물든 저 구름을,
밤이면 새카만 저 구름을.
잡아 타고 내 몸은 저 멀리로
구만리 긴 하늘을 날아 건너
그대 잠든 품속에 안기렸더니,
애스러라, 그리는 못한대서
그대여, 들으라 비가 되어
저 구름이 그대한테로 내리거든,
생각하라, 밤 저녁, 내 눈물을.

김소월

먼
후
일

먼 훗날 당신이 찾으시면
그때에 내 말이 잊었노라

당신이 속으로 나무라면
무척 그리다가 잊었노라

그래도 당신이 나무라면
믿기지 않아서 잊었노라

오늘도 어제도 아니 잊고
먼 훗날 그때에 잊었노라.

김소월

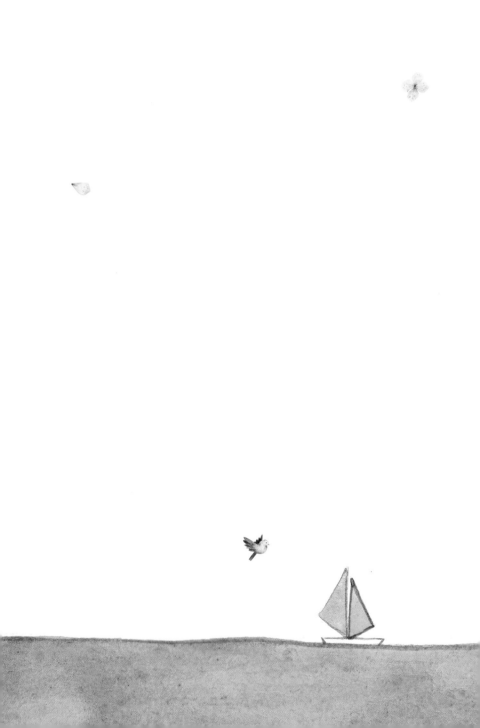

초혼

산산이 부서진 이름이여!
허공 중에 헤어진 이름이여!
불러도 주인 없는 이름이여!
부르다가 내가 죽을 이름이여!

심중에 남아 있는 말 한마디는
끝끝내 마저 하지 못하였구나.
사랑하던 그 사람이여!
사랑하던 그 사람이여!

붉은 해는 서산마루에 걸리었다.
사슴의 무리도 슬피 운다.
떨어져 나가 앉은 산 위에서
나는 그대의 이름을 부르노라.

김소월

설움에 겹도록 부르노라.
설움에 겹도록 부르노라.
부르는 소리는 비껴가지만
하늘과 땅 사이가 너무 넓구나.

선 채로 이 자리에 돌이 되어도
부르다가 내가 죽을 이름이여!
사랑하던 그 사람이여!
사랑하던 그 사람이여!

김소월

정지용

호수 1

얼굴 하나야
손바닥 둘로
폭 가리지만

보고 싶은 마음
호수만 하니
눈 감을 밖에

정지용

향수

넓은 벌 동쪽 끝으로
옛이야기 지줄대는 실개천이 회돌아 나가고
얼룩빼기 황소가
해설피 금빛 게으른 울음을 우는 곳

—그곳이 차마 꿈엔들 잊힐리야

질화로에 재가 식어지면
비인 밭에 밤바람 소리 말을 달리고
엷은 졸음에 겨운 늙으신 아버지가
짚벼개를 돋아 고이시는 곳

—그곳이 차마 꿈엔들 잊힐리야

흙에서 자란 내 마음
파아란 하늘 빛이 그리워
함부로 쏜 화살을 찾으려
풀섶 이슬에 함초롬 휘적시던

—그곳이 차마 꿈엔들 잊힐리야

정지용

전설傳說 바다에 춤추는 밤물결 같은
검은 귀밑머리 날리는 어린 누이와
아무렇지도 않고 예쁠 것도 없는
사철 발 벗은 아내가
따가운 햇살을 등에 지고 이삭 줍던 곳

─그곳이 차마 꿈엔들 잊힐리야

하늘에는 성근 별
알 수도 없는 모래성으로 발을 옮기고
서리 까마귀 우지짖고 지나가는 초라한 지붕
흐릿한 불빛에 돌아앉아 도란도란 거리는 곳

─그곳이 차마 꿈엔들 잊힐리야

정지용

밤

눈 머금은 구름 새로
흰 달이 흐르고

처마에 서린 탱자나무가 흐르고

외로운 촛불이, 물새의 보금자리고 흐르고……

표범 껍질에 호젓하게 싸이어
나는 이 밤, '적막한 홍수'를 누워 건너다

정지용

바
다
1

오·오·오·오·오·소리치며 달려가니
오·오·오·오·오·연달아서 몰아온다

간밤에 잠 살포시
머언 뇌성 울더니

오늘 아침 바다는
포도빛으로 부풀어졌다

철석, 처얼석, 철석, 처얼석, 철석,
제비 날아들 듯 물결 사이사이로 춤을 추어

정지용

바
다
2

한백년 진흙 속에
숨었다 나온 듯이

게처럼 옆으로
기어가 보노니

머언 푸른 하늘 아래로
가이없는 모래밭

정지용

바
다
3

외로운 마음이
한종일 두고

바다를 불러―

바다 위로
밤이
걸어온다

정지용

바
다
4

후주근한 물결소리 등에 지고 홀로 돌아가노니
어디선지 그 누구 쓰러져 울음 우는 듯한 기척

돌아서서 보니 먼 등대가 반짝반짝 깜빡이고
갈매기떼 끼루룩 끼루룩 비를 부르며 날아간다

울음 우는 이는 등대도 아니고 갈매기도 아니고
어딘지 홀로 떨어진 이름 모를 서러움이 하나

정지용

그의 반

내 무엇이라 이름하리 그를?
나의 영혼 안의 고운 불
공손한 이마에 비추는 달
나의 눈보다 값진 이
바다에서 솟아올라 나래 떠는 금성
쪽빛 하늘에 흰 꽃을 단 고산식물
나의 가지에 머물지 않고
나의 나라에서도 멀다
홀로 어여뻐 스스로 한가로워──항상 머언 이
나는 사랑을 모르노라 오로지 수그릴 뿐
때 없이 가슴에 두 손이 여미어지며
굽이굽이 돌아나간 시름의 황혼길 위──
나──바다 이편에 남긴
그의 반임을 고이 지니고 걷노라

정지용

봄

외까마귀 울며 난 아래로
허울한 돌기둥 넷이 서고
이끼 흔적 푸르른데
황혼이 붉게 물들다

거북 등 솟아오른 다리
길기도 한 다리
바람이 수면에 옮기니
휘이 비껴 쓸리다

정지용

저녁 햇살

불 피어오르듯 하는 술
한숨에 키어도 아아 배고파라

수줍은 듯 놓인 유리컵
바작바작 씹는대도 배고프리

네 눈은 고만高慢스런 흑단추
네 입술은 서운한 가을철 수박 한 점

빨아도 빨아도 배고프리

술집 창문에 붉은 저녁 햇살
연연하게 탄다, 아아 배고파라

정지용

난
초

난초잎은
차라리 수묵색水墨色

난초 잎에
엷은 안개와 꿈이 오다

난초 잎은
한밤에 여는 담은 입술이 있다

난초 잎은
별빛에 눈떴다 돌아눕다

난초 잎은
드러난 팔굽이를 어쩌지 못한다

난초 잎에
적은 바람이 오다

난초 잎은
춥다

정지용

산에서 온 새

새삼나무 싹이 튼 담 위에
산에서 온 새가 울음 운다

산엣 새는 파랑치마 입고
산엣 새는 빨강모자 쓰고

눈에 아름아름 보고 지고
발 벗고 간 누이 보고 지고

따스운 봄날 이른 아침부터
산에서 온 새가 울음 운다

정지용

유리창 1

유리에 차고 슬픈 것이 어린거린다
열없이˙ 붙어 서서 입김을 흐리우니
길들은 양 언 날개를 파닥거린다
지우고 보고 지우고 보아도
새까만 밤이 밀려나가고 밀려와 부딪치고
물먹은 별이, 반짝, 보석처럼 박힌다
밤에 홀로 유리를 닦는 것은
외로운 황홀한 심사이어니
고운 폐혈관肺血管이 찢어진 채로
아아, 너는 산새처럼 날아갔구나!

● 겸언쩍고 부끄럽게

정지용

별

누워서 보는 별 하나는
진정 멀―구나

아스름 닫히려는 눈초리와
금金실로 이은 듯 가깝기도 하고

잠 살포시 깨인 한밤엔
창유리에 붙어서 엿보누나

불현 듯, 솟아나듯,
불리울 듯, 맞아드릴 듯,

문득 영혼 안에 외로운 불이
바람처럼 이는 회한에 피어오른다

흰 자리옷 채로 일어나
가슴 위에 손을 여미다

정지용

한용운

사
랑

봄물보다 깊으니라
갈산秋山보다 높으니라
달보다 빛나리라
돌보다 굳으리라
사랑을 묻는 이 있거든
이대로만 말하리

한용운

나의 꿈

당신이 밝은 새벽에 나무 그늘 사이에서 산보할 때에 나의 꿈은 작은 별이 되어서 당신의 머리 위를 지키고 있겠습니다.

당신이 여름날에 더위를 못 이기어 낮잠을 자거든 나의 꿈은 밝은 바람이 되어서 당신의 주위에 떠돌겠습니다.

당신이 고요한 가을밤에 그윽히 앉아서 글을 볼 때에 나의 꿈은 귀뚜라미가 되어서 책상 밑에서 '귀뚤귀뚤' 울겠습니다.

한용운

님
의

침
묵

님은 갔습니다. 아아 사랑하는 나의 님은 갔습니다.

푸른 산빛을 깨치고 단풍나무 숲을 향하여 난 작은 길을 걸어서 차마 떨치고 갔습니다.

황금의 꽃같이 굳고 빛나던 옛 맹서는 차디찬 티끌이 되어서 한숨의 미풍에 날아갔습니다.

날카로운 첫 키스의 추억은 나의 운명의 지침指針을 돌려 놓고 뒷걸음쳐서 사라졌습니다.

나는 향기로운 님의 말소리에 귀먹고 꽃다운 님의 얼굴에 눈멀었습니다.

사랑도 사람의 일이라 만날 때에 미리 떠날 것을 염려하고 경계하지 아니한 것은 아니지만 이별은 뜻밖의 일이 되고 놀란 가슴은 새로운 슬픔에 터집니다.

한용운

그러나 이별을 쓸데없는 눈물의 원천을 만들고 마는 것은 스스로 사랑을 깨치는 것인 줄 아는 까닭에 걷잡을 수 없는 슬픔의 힘을 옮겨서 새 희망의 정수박이에 들어부었습니다.

　우리는 만날 때에 떠날 것을 염려하는 것과 같이 떠날 때에 다시 만날 것을 믿습니다.

　아아 님은 갔지마는 나는 님을 보내지 아니하였습니다.

　제 곡조를 못 이기는 사랑의 노래는 님의 침묵을 휩싸고 돕니다.

한용운

알 수 없어요

　바람도 없는 공중에 수직의 파문을 내이며 고요히 떨어지는 오동잎은 누구의 발자취입니까.

　지리한 장마 끝에 서풍에 몰려가는 무서운 검은 구름의 터진 틈으로 언뜻언뜻 보이는 푸른 하늘은 누구의 얼굴입니까.

　꽃도 없는 깊은 나무에 푸른 이끼를 거쳐서 옛 탑 위의 고요한 하늘을 스치는 알 수 없는 향기는 누구의 입김입니까.

　근원은 알지도 못할 곳에서 나서 돌부리를 울리고 가늘게 흐르는 작은 시내는 굽이굽이 누구의 노래입니까.

　연꽃 같은 발꿈치로 가이없는 바다를 밟고 옥 같은 손으로 끝없는 하늘을 만지면서 떨어지는 해를 곱게 단장하는 저녁놀은 누구의 시입니까.

　타고 남은 재가 다시 기름이 됩니다. 그칠 줄을 모르고 타는 나의 가슴은 누구의 밤을 지키는 약한 등불입니까.

한용운

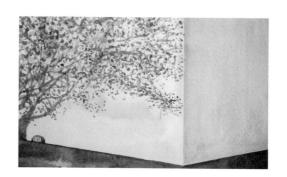

사랑하는 까닭

당신을 사랑하는 것은 까닭이 없는 것이 아닙니다.
다른 사람들은 나의 홍안만을 사랑하지마는 당신은
나의 백발도 사랑하는 까닭입니다.

내가 당신을 그리워하는 것은 까닭이 없는 것이 아
닙니다.
다른 사람들은 나의 미소만을 사랑하지마는 당신은
나의 눈물도 사랑하는 까닭입니다.

내가 당신을 기다리는 것은 까닭이 없는 것이 아닙
니다.
다른 사람들은 나의 건강만을 사랑하지마는 당신은
나의 죽음도 사랑하는 까닭입니다.

한용운

나룻배와 행인

나는 나룻배
당신은 행인

당신은 흙발로 나를 짓밟습니다.
나는 당신을 안고 물을 건너갑니다.
나는 당신을 안으면 깊으나 옅으나 급한 여울이나
건너갑니다.

만일 당신이 아니 오시면 나는 바람을 쐬고 눈비를
맞으며 밤에서 낮까지 당신을 기다리고 있습니다.
당신은 물만 건너면 나를 돌아보지도 않고 가십니다
그려.
그러나 당신이 언제든지 오실 줄만은 알아요.
나는 당신을 기다리면서 날마다 날마다 낡아갑니다.

나는 나룻배
당신은 행인

한용운

복종

　　남들은 자유를 사랑한다지만 나는 복종을 좋아하여요.
　　자유를 모르는 것은 아니지만 당신에게는 복종만 하고
싶어요.
　　복종하고 싶은데 복종하는 것은 아름다운 자유보다도
달콤합니다. 그것이 나의 행복입니다.

　　그러나 당신이 나더러 다른 사람을 복종하라면 그것만
은 복종할 수가 없습니다.
　　다른 사람을 복종하라면 당신에게 복종할 수가 없는
까닭입니다.

한용운

당신의 편지

당신의 편지가 왔다기에 꽃밭 매던 호미를 놓고 떼어 보았습니다.

그 편지는 글씨는 가늘고 글줄은 많으나 사연은 간단합니다.

만일 님이 쓰신 편지이면 글은 짧을지라도 사연은 길 터인데.

당신의 편지가 왔다기에 바느질 그릇을 치워놓고 떼어 보았습니다.

그 편지는 나에게 잘 있느냐고만 묻고 언제 오신다는 말은 조금도 없습니다.

만일 님이 쓰신 편지이면 나의 일은 묻지 않더라도 언제 오신다는 말을 먼저 썼을 터인데.

한용운

당신의 편지가 왔다기에 약을 달이다 말고 떼어 보았습니다.

그 편지는 당신의 주소는 다른 나라의 군함입니다.

만일 님이 쓰신 편지이면 남의 군함에 있는 것이 사실이라 할지라도 편지에는 군함에서 떠났다고 하였을 터인데.

한용운

달을 보며

달은 밝고 당신이 하도 그리웠습니다.

자던 옷을 고쳐 입고 뜰에 나와 퍼지르고 앉아서 달을 한참 보았습니다.

달은 차차차 당신의 얼굴이 되더니 넓은 이마, 둥근 코, 아름다운 수염이 역력히 보입니다.

간 해에는 당신의 얼굴이 달로 보이더니 오늘 밤에는 달이 당신의 얼굴이 됩니다.

당신의 얼굴이 달이기에 나의 얼굴도 달이 되었습니다.

나의 얼굴은 그믐달이 된 줄을 당신이 아십니까.

아아, 당신의 얼굴이 달이기에 나의 얼굴도 달이 되었습니다.

한용운

떠날 때의 님의 얼굴

꽃은 떨어지는 향기가 아름답습니다.
해는 지는 빛이 곱습니다.
노래는 목메인 가락이 묘합니다.
님은 떠날 때의 얼굴이 더욱 어여쁩니다.

　떠나신 뒤에 나의 환상의 눈에 비치는 님의 얼굴은 눈물이 없는 눈으로는 바로 볼 수가 없을 만치 어여쁠 것입니다.
　님의 떠날 때의 어여쁜 얼굴을 나의 눈에 새기겠습니다.
　님의 얼굴은 나를 울리기에는 너무도 야속한 듯하지마는 님을 사랑하기 위하여는 나의 마음을 즐겁게 할 수가 없습니다.
　만일 그 어여쁜 얼굴이 영원히 나의 눈을 떠난다면 그때의 슬픔은 우는 것보다도 아프겠습니다.

한용운

윤
동
주

서시
序詩

죽는 날까지 하늘을 우러러
한 점 부끄럼이 없기를,
잎새에 이는 바람에도
나는 괴로워했다.
별을 노래하는 마음으로
모든 죽어가는 것을 사랑해야지
그리고 나한테 주어진 길을
걸어가야겠다.

오늘 밤에도 별이 바람에 스치운다.

윤동주

새
로
운
길

내를 건너서 숲으로
고개를 넘어서 마을로

어제도 가고 오늘도 갈
나의 길 새로운 길

민들레가 피고 까치가 날고
아가씨가 지나고 바람이 일고

나의 길은 언제나 새로운 길
오늘도... 내일도...

내를 건너서 숲으로
고개를 넘어서 마을로

윤동주

바람이 불어

바람이 어디로부터 불어와
어디로 불려가는 것일까,

바람이 부는데
내 괴로움에는 이유가 없다.

내 괴로움에는 이유가 없을까,

단 한 여자를 사랑한 일도 없다.
시대를 슬퍼한 일도 없다.

바람이 자꾸 부는데
내 발이 반석 위에 섰다.

강물이 자꾸 흐르는데
내 발이 언덕 위에 섰다.

윤동주

소
년

　　여기저기서 단풍잎 같은 슬픈 가을이 뚝뚝 떨어진다.
단풍잎 떨어져 나온 자리마다 봄을 마련해 놓고 나뭇가
지 위에 하늘이 펼쳐 있다. 가만히 하늘을 들여다보면
눈썹에 파란 물감이 든다. 두 손으로 따뜻한 볼을 쓸어
보면 손바닥에도 파란 물감이 묻어난다. 다시 손바닥을
들여다본다. 손금에는 맑은 강물이 흐르고, 맑은 강물
이 흐르고, 강물속에는 사랑처럼 슬픈 얼굴— 아름다운
순이順伊의 얼굴이 어린다. 소년은 황홀히 눈을 감아본
다. 그래도 맑은 강물은 흘러 사랑처럼 슬픈 얼굴— 아
름다운 순이의 얼굴은 어린다.

윤동주

자
화
상

    산 모퉁이를 돌아 논가 외딴 우물을 홀로 찾아가선
가만히 들여다 봅니다.

    우물 속에는 달이 밝고 구름이 흐르고 하늘이 펼치
고 파아란 바람이 불고 가을이 있습니다.

    그리고 한 사나이가 있습니다.
어쩐지 그 사나이가 미워져 돌아갑니다.

    돌아가다 생각하니 그 사나이가 가엾어집니다.
도로 가 들여다보니 사나이는 그대로 있습니다.

    다시 그 사나이가 미워져 돌아갑니다.
돌아가다 생각하니 그 사나이가 그리워집니다.

    우물 속에는 달이 밝고 구름이 흐르고 하늘이 펼치
고 파아란 바람이 불고 가을이 있고 추억처럼 사나이가
있습니다.

윤동주

참
회
록

파란 녹이 낀 구리 거울 속에
내 얼굴이 남아 있는 것은
어느 왕조의 유물이기에
이다지도 욕될까.

나는 나의 참회의 글을 한 줄에 줄이자
—만 이십사 년 일 개월을
무슨 기쁨을 바라 살아왔던가.

내일이나 모레나 그 어느 즐거운 날에
나는 또 한 줄의 참회록을 써야한다.
—그때 그 젊은 나이에
왜 그런 부끄러운 고백을 했던가.

윤동주

밤이면 밤마다 나의 거울을
손바닥으로
발바닥으로 닦아보자.

그러면 어느 운석 밑으로 홀로 걸어가는
슬픈 사람의 뒷모습이
거울 속에 나타나 온다.

윤동주

편지

누나!
이 겨울에도
눈이 가득히 왔습니다.

흰 봉투에
눈을 한 줌 넣고
글씨도 쓰지 말고
우표도 부치지 말고
말쑥하게 그대로
편지를 부칠까요?

누나 가신 나라엔
눈이 아니 온다기에.

윤동주

쉽게 씌어진 시(詩)

창밖에 밤비가 속살거려
육첩방六疊房은 남의 나라,

시인이란 슬픈 천명天命인 줄 알면서도
한 줄 시를 적어 볼까,

땀내와 사랑내 포근히 품긴
보내주신 학비 봉투를 받아

대학 노―트를 끼고
늙은 교수의 강의 들으러 간다.

생각해 보면 어린 때 동무를
하나, 둘, 죄다 잃어버리고

윤동주

나는 무얼 바라
나는 다만, 홀로 침전沈澱하는 것일까?

인생은 살기 어렵다는데
시가 이렇게 쉽게 씌어지는 것은
부끄러운 일이다.

육첩방은 남의 나라
창밖에 밤비가 속살거리는데,

등불을 밝혀 어둠을 조곰 내몰고,
시대처럼 올 아침을 기다리는 최후의 나,

나는 나에게 적은 손을 내밀어
눈물과 위안으로 잡는 최초의 악수.

윤동주

십자가 十字架

쫓아오던 햇빛인데
지금 교회당 꼭대기
십자가에 걸리었습니다.

첨탑이 저렇게도 높은데
어떻게 올라갈 수 있을까요.

종소리도 들려오지 않는데
휘파람이나 불며 서성거리다가,

괴로웠던 사나이,
행복한 예수·그리스도에게
처럼
십자가가 허락된다면

모가지를 드리우고
꽃처럼 피어나는 피를
어두워 가는 하늘 밑에
조용히 흘리겠습니다.

윤동주

태초太初의 아침

봄날 아침도 아니고
여름, 가을, 겨울
그런 날 아침도 아닌 아침에

빨—간 꽃이 피어났네,
햇빛이 푸른데,

그 전날 밤에
그 전날 밤에
모든 것이 마련되었네,

사랑은 뱀과 함께
독毒은 어린 꽃과 함께

윤동주

눈 오는 지도地圖

　순이順伊가 떠난다는 아침에 말 못할 마음으로 함박눈이 내려, 슬픈 것처럼 창밖에 아득히 깔린 지도 위에 덮인다.

　방안을 돌아다보아야 아무도 없다. 벽과 천정이 하얗다. 방안에까지 눈이 내리는 것일까, 정말 너는 잃어버린 역사歷史처럼 홀홀이 가는 것이냐, 떠나기 전에 일러둘 말이 있던 것을 편지를 써서도 네가 가는 곳을 몰라 어느 거리, 어느 마을, 어느 지붕 밑, 너는 내 마음속에만 남아 있는 것이냐, 네 조그만 발자국을 눈이 자꾸 내려 덮여 따라갈 수도 없다. 눈이 녹으면 남은 발자국 자리마다 꽃이 피리니 꽃 사이로 발자국을 찾아 나서면 일 년 열두 달 하냥 내 마음에는 눈이 내리리라.

윤동주

길

잃어버렸습니다.
무얼 어디다 잃었는지 몰라
두 손이 주머니를 더듬어
길을 나아갑니다.

돌과 돌과 돌이 끝없이 연달아
길은 돌담을 끼고 갑니다.

담은 쇠문을 굳게 닫아
길 위에 긴 그림자를 드리우고

길은 아침에서 저녁으로
저녁에서 아침으로 통했습니다.

윤동주

돌담을 더듬어 눈물짓다.
쳐다보면 하늘은 부끄럽게 푸릅니다.

풀 한 포기 없는 이 길을 걷는 것은
담 저쪽에 내가 남아 있는 까닭이고,

내가 사는 것은 다만,
잃은 것을 찾는 까닭입니다.

윤동주

버선본

어머니
누나 쓰다버린 습자지는
두었다간 무엇에 쓰나요?

그런 줄 몰랐더니
습자지에다 내 버선 놓고
가위로 오려
버선본 만드는 걸.

어머니
내가 쓰다 버린 몽당연필은
두었다간 무엇에 쓰나요?

그런 줄 몰랐더니
천 위에다 버선본 놓고
침 발려 점을 찍곤
내 버선 만드는 걸.

윤동주

사랑스런 추억

　봄이 오던 아침, 서울 어느 조그만 정거장에서 희망과 사랑처럼 기차를 기다려,

　나는 플랫폼에 간신한 그림자를 떨어뜨리고, 담배를 피웠다.

　내 그림자는 담배 연기 그림자를 날리고,
비둘기 한 떼가 부끄러울 것도 없이
나래 속을 속, 속, 햇빛에 비춰, 날았다.

　기차는 아무 새로운 소식도 없이
나를 멀리 실어다 주어,

　봄은 다 가고― 동경 교외 어느 조용한 하숙방에서,
옛 거리에 남은 나를 희망과 사랑처럼 그리워한다.

윤동주

오늘도 기차는 몇 번이나 무의미하게 지나가고,

오늘도 나는 누구를 기다려 정거장 가까운 언덕에서
서성거릴 게다.

— 아아 젊음은 오래 거기 남아 있거라.

윤동주

달
같
이

연륜年輪이 자라듯이

달이 자라는 고요한 밤에

달같이 외로운 사랑이

가슴 하나 뻐근히

연륜처럼 피어 나간다.

윤동주

봄

봄이 혈관 속에 시내처럼 흘러
돌, 돌, 시내 가까운 언덕에
개나리, 진달래, 노오란 배추꽃,

삼동三冬을 참아 온 나는
풀포기처럼 피어난다.

즐거운 종달새야
어느 이랑에서나 즐겁게 솟쳐라.

푸르른 하늘은
아른아른 높기도 한데…

윤동주

또 다른 고향

고향에 돌아온 날 밤에
내 백골白骨이 따라와 한 방에 누웠다.

어둔 방은 우주로 통하고
하늘에선가 소리처럼 바람이 불어온다.

어둠 속에서 곱게 풍화작용하는
백골을 들여다보며
눈물짓는 것이 내가 우는 것이냐
백골이 우는 것이냐
아름다운 혼魂이 우는 것이냐

지조 높은 개는
밤을 새워 어둠을 짖는다.

윤동주

어둠을 짖는 개는
나를 쫓는 것일 게다.

가자 가자
쫓기우는 사람처럼 가자
백골 몰래
아름다운 또 다른 고향에 가자.

윤동주

별 헤는 밤

계절이 지나가는 하늘에는
가을로 가득 차 있습니다.

나는 아무 걱정도 없이
가을 속의 별들을 다 헤일 듯합니다.

가슴속에 하나 둘 새겨지는 별을
이제 다 못 헤는 것은
쉬이 아침이 오는 까닭이요,
내일 밤이 남은 까닭이요,
아직 나의 청춘이 다하지 않은 까닭입니다.

윤동주

별 하나에 추억과
별 하나에 사랑과
별 하나에 쓸쓸함과
별 하나에 동경과
별 하나에 시와
별 하나에 어머니, 어머니

어머님, 나는 별 하나에 아름다운 말 한마디씩 불
러봅니다. 소학교 때 책상을 같이 했던 아이들의 이름
과 패佩, 경鏡, 옥玉 이런 이국 소녀들의 이름과 벌써 아
기 어머니 된 계집애들의 이름과, 가난한 이웃 사람들
의 이름과, 비둘기, 강아지, 토끼, 노새, 노루, "프랑시스
잠", "라이너 마리아 릴케", 이런 시인의 이름을 불러봅
니다.

이네들은 너무나 멀리 있습니다.
별이 아슬히 멀듯이.

윤동주

어머님,
그리고 당신은 멀리 북간도北間島에 계십니다.

나는 무엇인지 그리워
이 많은 별빛이 내린 언덕 위에
내 이름자를 써 보고,
흙으로 덮어 버리었습니다.

딴은 밤을 새워 우는 벌레는
부끄러운 이름을 슬퍼하는 까닭입니다.

그러나 겨울이 지나고 나의 별에도 봄이 오면,
무덤 위에 파란 잔디가 피어나듯이
내 이름자 묻힌 언덕 위에도
자랑처럼 풀이 무성할 게외다.

윤동주

평생 간직하고픈
필사 시

ⓒ 백석 외, 2022

초판 1쇄 2022년 9월 7일 펴냄
초판 4쇄 2024년 10월 10일 펴냄

지은이 | 백석 · 박인환 · 김영랑 · 김소월 · 정지용 · 한용운 · 윤동주
펴낸이 | 이태준

인쇄 · 제본 | 지경사문화

펴낸곳 | 북카라반
출판등록 | 제17-332호 2002년 10월 18일

주소 | (04037) 서울시 마포구 양화로7길 6-16 서교제일빌딩 3층
전화 | 02-486-0385
팩스 | 02-474-1413

ISBN 979-11-6005-108-7 03810
값 13,000원